Martı Jonathan Livingston

bir öykü

RICHARD BACH

FOTOĞRAFLAR
RUSSELL MUNSON

ÇEVİRİ
KADER AY DEMİREĞEN

EPSİLON YAYINCILIK HİZM. TİC. SAN. LTD. ŞTİ.
Osmanlı Sk. No:24/4 80090 Taksim/İSTANBUL
Tel: 0 212 252 38 21 - 243 47 62 Faks: 252 47 29

MARTI JONATHAN LIVINGSTON

Orijinal Adı: Jonathan Livingston Seagull
Yazar: Richard Bach
Fotoğraflar: Russell Munson
Çeviri: Kader Ay Demireğen
Bilgisayar Uygulama: Hüseyin Vatan
Baskı: Şahinkaya Matbaacılık Koll. Şti.

Ekim 1999, İSTANBUL

ISBN 975-331-008-0

GENEL DAĞITIM
Yeni Çizgi Yayın Dağıtım Ltd. Şti.
Perpa Ticaret Merkezi Kat.2 No:87
Okmeydanı/İSTANBUL
Tel: 0 212 220 57 70 pbx Faks: 222 61 55

İçimizde yaşayan
gerçek Martı Jonathan'lara...

BİRİNCİ BÖLÜM

Durgun denizin minik dalgacıkları üzerinde, güneşin altın gibi ışıldadığı pırıl pırıl bir sabahtı.

Sahilden bir mil uzaklıkta, denizi kucaklarcasına ilerleyen bir balıkçı teknesi, martılara kahvaltı zamanının geldiğini haber veriyordu. Binlerce martı, bir lokma yiyecek için mücadeleye girişmişti bile. İşte zor bir gün daha başlıyordu.

Sahilin ve teknenin çok ötesinde, bir martı, Jonathan Livingston, tek başına uçuş çalışmaları yapıyordu. Yüz fite yükseldiğinde perdeli ayaklarını indiriyor, gagasını kaldırıyor ve ona acı veren bir kavisi oluşturabilmek için kanatlarını iyice geriyordu. Eğer bu kavisi oluşturabilirse daha yavaş uçabilecekti. Şimdi rüzgâr hafifçe yüzünü yalıyordu. Hemen altındaki uçsuz bucaksız deniz neredeyse hareketini yitirmişti ve o sanki havada asılı kalmış gibi yavaşlamıştı. Bütün dikkatini toplayarak gözlerini kıstı, nefesini tuttu ve zorladı; bir... tek... biraz daha... hadi... yüksel... şimdi kavis... yoo hayır... Derken bütün tüyleri birbirine karıştı, hızı kesildi ve düştü.

Bildiğiniz gibi martılar uçarken sendelemezler, kesinlikle hızları kesilip düşmezler. Gökyüzünde uçarken hızlarının kesilmesi onlar için bir ayıp, bir utanç kaynağıdır.

Tekrar bir kavis oluşturabilmek için kanatlarını gerdi. Yavaş yavaş uçuyordu ki yine hızı kesildi ve düşecek gibi oldu. Fakat hiç utanmadı bundan, çünkü Martı Jonathan Livingston sıradışı bir kuştu.

Çoğu martı sırf yiyecek bulmak, sahilden ayrılıp tekrar geri dönebilmek için uçar. Bunun dışında bir şey öğrenmek için uğraşmazlar, öğrenmek istedikleri bir şey yoktur. Onlar için uçmanın tek anlamı, karınlarını doyurabilmektir. Oysa Martı Jonathan Livingston için önemli olan yemek değil uçmaktı. Martı Jonathan, uçmayı büyük bir tutkuyla seviyordu.

Bu tür bir düşünce, onu diğer martılardan ayırıyordu. Deniz seviyesine çok yakın bir yükseklikte süzülebilmek için sürekli çalışan ve bu yüzden bütün bir günü yalnız geçiren Jonathan için ailesi bile çok kaygılanıyordu.

Nedeni neydi bilmiyordu ama neredeyse kanatlarının suya değdiği bir yükseklikte, az bir çabayla, havada daha uzun süre kalabiliyordu. Süzülerek uçması, her zamanki gibi ayaklarının denize çarpmasıyla değil, aksine, bedenine iyice yapıştırdığı ayaklarının suya değdikçe ardında bıraktığı uzun, dümdüz çizgilerle hoş bir şekilde son buluyordu. Ancak alçakta süzülmeyi kumsalda da denemeye ve kumsalda bıraktığı izlerle yarışmaya başlayınca ailesinin kaygısı daha da arttı.

"Neden Jon, söylesene neden?" diye inleyerek sordu annesi. "Diğerleri gibi olmak bu kadar mı zor? Alçaktan uçmak pelikanların ve albatrosların işi, bunu onlara bırakmalısın. Hem niçin avlanmıyorsun oğlum? Artık bir kemik bir tüy kaldın."

"Bir kemik bir tüy kalmak umurumda bile değil anne. Ben sadece havada ne yapıp ne yapamayacağımı öğrenmek istiyorum, anlıyor musun, hepsi bu. Sadece öğrenmek istiyorum."

Yumuşak bir ses tonuyla, "Buraya bak Jonathan," dedi babası. "Kış gelmek üzere. Balıkçı tekneleri giderek azalacak, balıklar da artık suyun üzerinde değil, derinlerde yüzecek. Eğer bir şey öğrenmek istiyorsan, nasıl yiyecek bulacağını öğren. Bu uçma çaban gerçekten çok hoş ama uçmanın karın doyurmadığını sen de biliyorsun. Şunu hiç aklından çıkarma; senin uçma nedenin yiyecek bulabilmek!"

Jonathan, itaatkâr bir şekilde boynunu öne eğdi. Birkaç gün boyunca, diğer martılar gibi davranmaya çalıştı, bunun için gerçekten çabaladı. Çığlıklar atarak iskele ve balıkçı teknelerinin etrafında, bir parça ekmek için dolaştı durdu, ufacık da olsa bir balık yakalayabilmek için suya daldı, mücadele etti. Fakat olmuyordu işte, bunları bir türlü yapmak istemiyordu.

Zar zor avladığı hamsiyi yaşlı, aç bir martının önüne bilerek düşürürken, "Bunların tümü çok anlamsız," diye düşündü Jonathan. "Onca zamanı boşu boşuna geçireceğime, uçmayı öğrenebilirdim. Öğrenecek ne çok şey var!"

Tekrar eski Martı Jonathan olması uzun sürmedi. Denizde, çok ötelerde yine öğreniyordu; aç, fakat mutlu.

Hedefi hızlı uçmaktı ve bir hafta süren çalışmadan sonra, hız hakkında, yaşayan en hızlı martıdan bile daha çok şey biliyordu.

Yüz fitte, kanatlarını olabildiğince hızlı çırparak dalgaların arasına dimdik daldı ve martıların niçin gösterişli bir şekilde dimdik denize dalamadığını öğrendi; çünkü kanatlarını bu hızda yeterince kontrol edemiyordu. Sadece altıncı saniyede, saatte yetmiş mil hız yapmıştı ki bu hız, bir martı kanadının dayanabileceği bir hız değildi.

Zaman geçtikçe aşama kaydediyor, yeteneğinin sınırlarını zorlayarak dikkatlice çalışıyordu. Fakat yüksek bir hızda yine de bütün kontrolünü kaybediyordu.

Yüz fite tırmandı. Önce hızla ilerledi, ardından kanatlarını çırparak dik bir dalışa geçti. Her seferinde sol kanadı biraz yükseğe kalkıyor, dengesini kaybetmesine, sola doğru savrulmasına neden oluyordu. Sağ kanadıyla dengesini korumaya çalıştığında, bu sefer de sağa doğru fırıldak gibi dönüyordu.

Yeterince dikkatli olmayı becerememişti. On kere denedi; saatte yetmiş mili aştığı her on denemede de sadece bir tüy yumağıymış gibi güçsüz kaldığını hissediyor, kontrolünü kaybediyor ve suya, kelimenin tek anlamıyla, çakılıyordu.

Sırılsıklam bir halde, tüm mesele, yüksek bir hızda kanatları dümdüz tutabilmek, diye düşündü. Böylece elli mile çıkana kadar kanatlarını çırpmaya, daha sonra kanatlarını dümdüz sabit tutmaya karar verdi.

İki yüz fitte, gagasını dik bir şekilde aşağı eğip elli milin üstüne çıktığı her anda kanatlarını sabit tutarak dalmayı tekrar denedi. Bu çok büyük bir güç istiyordu fakat yavaş yavaş oluyordu. Onuncu saniyede doksan mil hıza ulaştı. Böylece Jonathan, martılar arasında bir dünya hız rekoru kırmış oluyordu.

Fakat bu başarısı hiç de uzun ömürlü olmadı. Hızını yavaşlatmaya, kanat açısını değiştirmeye kalkıştığı an aynı felaketle karşılaştı; kontrolünü kaybetti. Saatte doksan mil hız yaparken, hava akımı ona bir dinamit gibi çarptı, Martı Jonathan sanki havada patladı ve tıpkı betona çarpar gibi denize çakıldı.

Kendine geldiğinde neredeyse akşam olmuştu ve o,

ay ışığında, okyanusun üstünde, dalgalara kapılmış sürükleniyordu. Perişan bir hale gelen kanatları kurşun gibi ağırdı, fakat ona asıl ağır gelen şey başarısızlığıydı. Keşke bu ağırlık onu yavaşça dibe çekmeye yetseydi ve her şey bir anda sona eriverseydi.

Dibe doğru yavaş yavaş batarken içinde derinlerden gelen, yabancı bir ses işitti: Hiçbir çıkış yolu yok. Ben bir martıyım ve doğamla sınırlıyım. Eğer uçuş hakkında daha çok şey öğrenmem gerekseydi, beyin yerine uçuş haritalarım olurdu. Daha hızlı uçabilmem içinse bir şahininki gibi kısa kanatlarım olmalıydı ve ben balıkla değil fareyle beslenmeliydim. Babam haklı. Tüm bu saçmalıkları unutmalıyım. Sürüme geri dönmeli, neysem o olmalı, sınırları belli zavallı bir martı olarak kalmalıyım.

Ses giderek zayıfladı ve yok oldu, Jonathan sesin dediği her şeyi kabullenmişti. Hava karardıktan sonra bir martının yeri sahildir. Jonathan o andan itibaren normal bir martı olmaya karar verdi. Üstelik bu, herkesi mutlu edecekti.

Yorgun bir şekilde karanlık sulardan uzaklaşıp alçaktan uçuş hakkında öğrendiklerini kullanmanın zevkiyle karaya doğru uçmaya başladı.

Fakat "Hayır," diye düşündü. "Önceden neysem şimdi de oyum. Ben de diğer martılar gibi bir martıyım ve onlardan biri gibi uçmalıyım." Böylece, acı içinde yüz fite yükseldi, kıyıya bir an önce ulaşmak için kanatlarını hızla çırptı.

Sürü içinde sıradan bir martı olmaya karar vermek, kendini daha iyi hissetmesine neden olmuştu. Artık onu öğrenmeye iten gücü umursamayacak, doğasına meydan okumayacak ve dolayısıyla başarısızlığa uğramaktan korkmayacaktı. Hiçbir şey düşünmeden, kumsalda parlayan ışıklara doğru karanlıkta uçmak ne hoştu!

Karanlık! O derinden gelen ses, bir alarm gibi kulaklarında tekrar çınladı. *Martılar kesinlikle karanlıkta uçamazlar.*

Jonathan'ın dinlemeye hiç niyeti yoktu. Çok hoş, diye düşündü. Işıklar ve ay suya yansımış parlıyor, gecenin içinde küçük fener etrafa hoş bir ışık yayıyordu. Her şey dingin ve huzur vericiydi.

Aşağı in! Martılar karanlıkta uçamaz! Karanlıkta uçabilmen için bir baykuşunki gibi gözlere, bir şahininki gibi kısa kanatlara ve uçuş haritalarına sahip olman gerek!

Gecenin bir vakti, yüz fit yukarıda, Martı Jonathan Livingston, bu gerçeğe gözlerini kapadı. Acıları, dertleri, hepsi yok oldu.

Kısa kanatlar! Bir şahinin kısa kanatları!

"İşte yanıt bu! Of ben ne aptalım. İhtiyacım olan tek şey, ufacık kanatlar. Yapmam gereken, kanatlarımı gövdeme yapıştırmak ve sadece kanat uçlarımla uçmak. *Kısa kanatlar!*"

Kapkara denizin üstünde, iki yüz fite yükseldi. Bir an bile ölümü ya da başarısızlığı düşünmeden, kanatlarını vücuduna iyice yapıştırdı. Sadece kanatlarının küçük, ince ve sert uçlarını boşta, rüzgâra bırakarak dimdik bir dalışa geçti.

Rüzgâr başının üstünde bir canavar gibi uğulduyordu. Saatte yetmiş mil, doksan, yüz yirmi ve daha hızlı... Şimdi, yüz kırk milde, kanatları yetmiş milde olduğu gibi bir zorlanmayla karşı karşıya değildi. Kanat uçlarını belli belirsiz hafifçe döndürerek dalıştan çıktı, ay ışığında, dalgaların üstünde hızla ilerledi.

Rüzgârı yarabilmek için gözlerini kıstı, mutluydu. Kontrollü bir uçuşla saatte yüz kırk mil hız yapmıştı. "İki yüz fit yerine beş yüz fitten daldığımda hızım ne olur, çok merak ediyorum."

Biraz önce alınan karar unutulmuş, rüzgârla birlikte hızla savrulup gitmişti. Verdiği sözden dönmek onu yine kendisi yapmıştı ve kendisini hiç de suçlu hissetmiyordu. Bu tür sözleri ancak sıradanlığı onaylayan martılar verir. Farklı olmayı öğrenmiş birinin ise böyle sözler vermeye ihtiyacı yoktur.

Gündoğumuyla birlikte Martı Jonathan, çalışmalarına yeniden başladı. Beş yüz fit yükseklikte, balıkçı tekneleri durgun mavi deniz üstünde ufacık bir nokta, yiyecek bulabilmek için dönüp dolaşan martı sürüsü ise belli belirsiz bir toz bulutu gibi görünüyordu.

O, korkuyu yenmenin gururuyla, haz alarak yaşıyordu. Tüm bunları düşünürken kanatlarını sımsıkı gövdesine yapıştırdı, kanat uçlarının açılarını azıcık genişletti ve dimdik suya daldı. Dört yüz fite indiğinde son hızına ulaşmıştı. Artık bu yükseklikte bir ses duvarı haline

âr ona sürekli çarparak daha fazla hızlanması-
-geliyordu. Dimdik aşağı doğru, saatte iki yüz kırk mil hızla uçuyordu. Bu hızda eğer kanatları açılırsa, milyonlarca minik martı parçacığına dönüşeceğini biliyor ve bunu göz ardı ediyordu. Çünkü hız güç demekti, büyük bir zevkti ve kusursuz bir güzellikti.

Yüz fite indiğinde heybetli bir rüzgâr kanat uçlarını tok bir sesle titretiyordu. Yolunun üstündeki balıkçı teknesinin ve martı kalabalığının bir meteor hızıyla büyüyerek kendisine doğru yaklaştığını fark ettiği anda durmak istedi.

Duramıyordu. Çünkü bu hızda nasıl durabileceğini ya da dönebileceğini henüz öğrenmemişti.

Bu çarpışmanın sonu mutlak bir ölümdü.

Ve o, gözlerini kapatmaktan başka bir şey yapamadı.

Martı Jonathan, iki yüz yirmi mil hızla, çok güçlü bir çığlık atarak gözleri kapalı, martı sürüsünün tam ortasına dalıverdi. Neyse ki bu seferlik şansı yaver gitmişti de olay kimsenin ölümüne yol açmamıştı. İşte tüm bunlar, sabah güneş doğduktan çok kısa bir süre sonra olmuştu.

Tabii ki o yine gagasını gökyüzüne dikip saatte yüz altmış mil hızla uçmaya devam etti. Hızını yirmi mile düşürdüğünde, tekne dört yüz fit aşağıda denizdeki bir zerrecik gibi görünüyordu.

Şimdi başarısını düşünüyordu. Ulaşılabilecek son hız! Bir martı saatte iki yüz on dört mil hız yapıyordu. Bu martı sürüsünün tarihinde tek büyük andı, bu bir atılımdı. Bu andan itibaren Martı Jonathan için yepyeni bir dönem başlamıştı. Tek başına çalışmalar yaptığı alana geri dönerek sekiz yüz fit yükseklikten dalış yaparken yüksek hızda nasıl dönebileceğini de öğrenmeye koyuldu.

Kanat ucundaki tek bir tüyü hafifçe hareket ettirdiğinde, yüksek bir hızda bile, kolaylıkla yumuşak bir kavis çizebileceğini fark etti. Bunu fark etmeden önce Jonathan, bu hızda birden fazla tüyü hareket ettirdiğinde, bir fırıldak gibi dönebileceğini de öğrenmişti... Jonathan, yeryüzünün akrobatik uçuş yapabilen tek martısıydı.

Jonathan, günbatımına kadar sürekli uçtu, vaktini diğer martılarla birlikte olmak için harcamadı. Havada daireler çizmeyi, takla atmayı, yavaşça dönmeyi, tersine dönüşü, her şeyi öğrenmişti.

Martı Jonathan, kumsaldaki sürüye katıldığında neredeyse gece yarısı olmuştu. Yorgunluktan perişan bir haldeydi ama yine de bir takla atarak inişe geçti ve bir tüy gibi süzülerek keyifle kumsala indi... "Diğer martılar başardığım şeyleri duyduklarında zevkten çılgına dönecekler," diye düşündü. "Yaşamak için ne çok neden var! Balıkçı teknelerinin etrafında o rutin, sıkıcı dönüp dolaşmadan başka nedenler de var yaşamak için. Cehaletimizi kırabiliriz, becerilerimizi, yeteneklerimizi ve zekâmızı kullanarak kendimizi bulabilir, kendimiz olabiliriz. En önemlisi, özgür olabiliriz! Uçmayı öğrenebiliriz!"

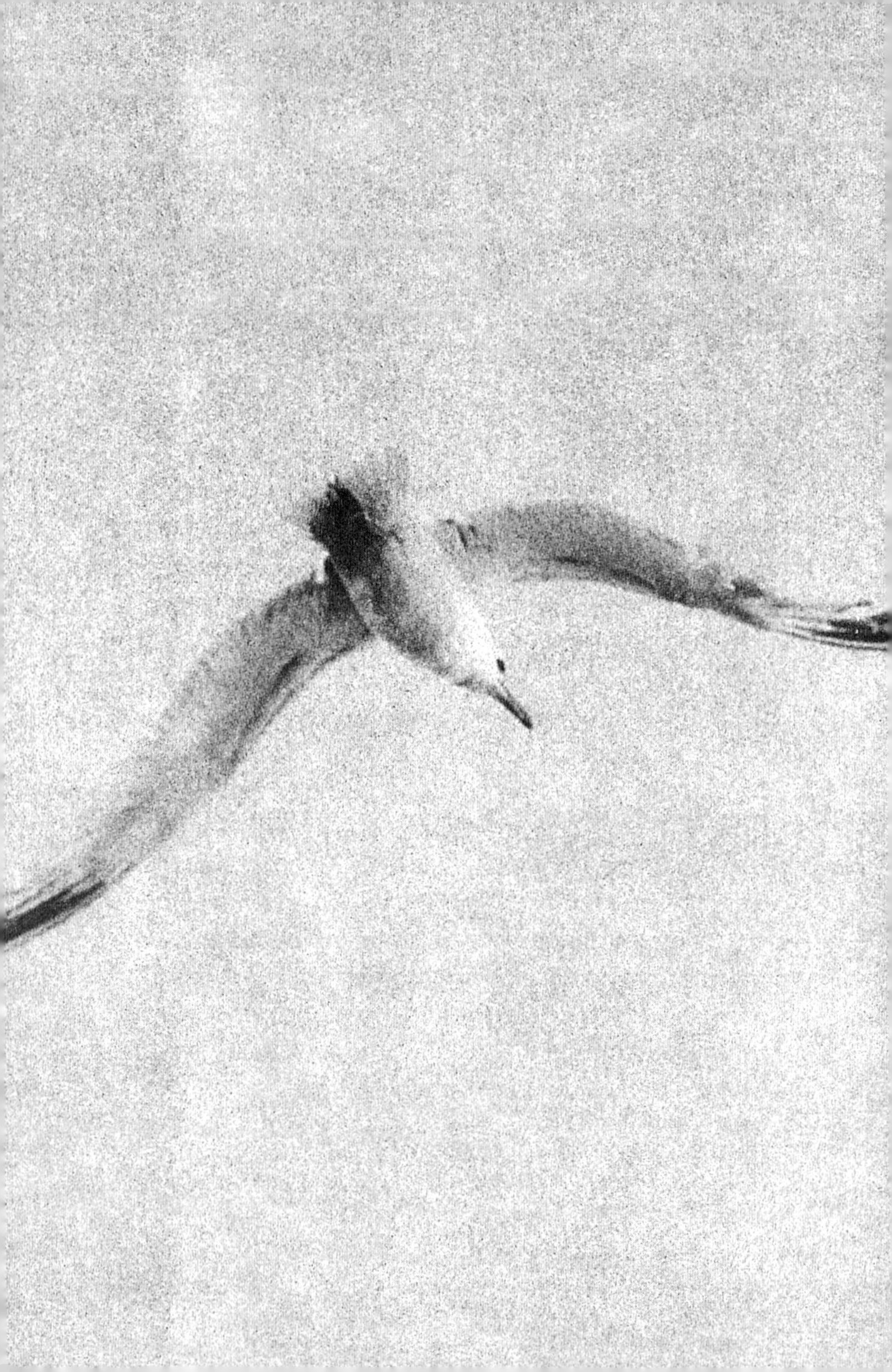

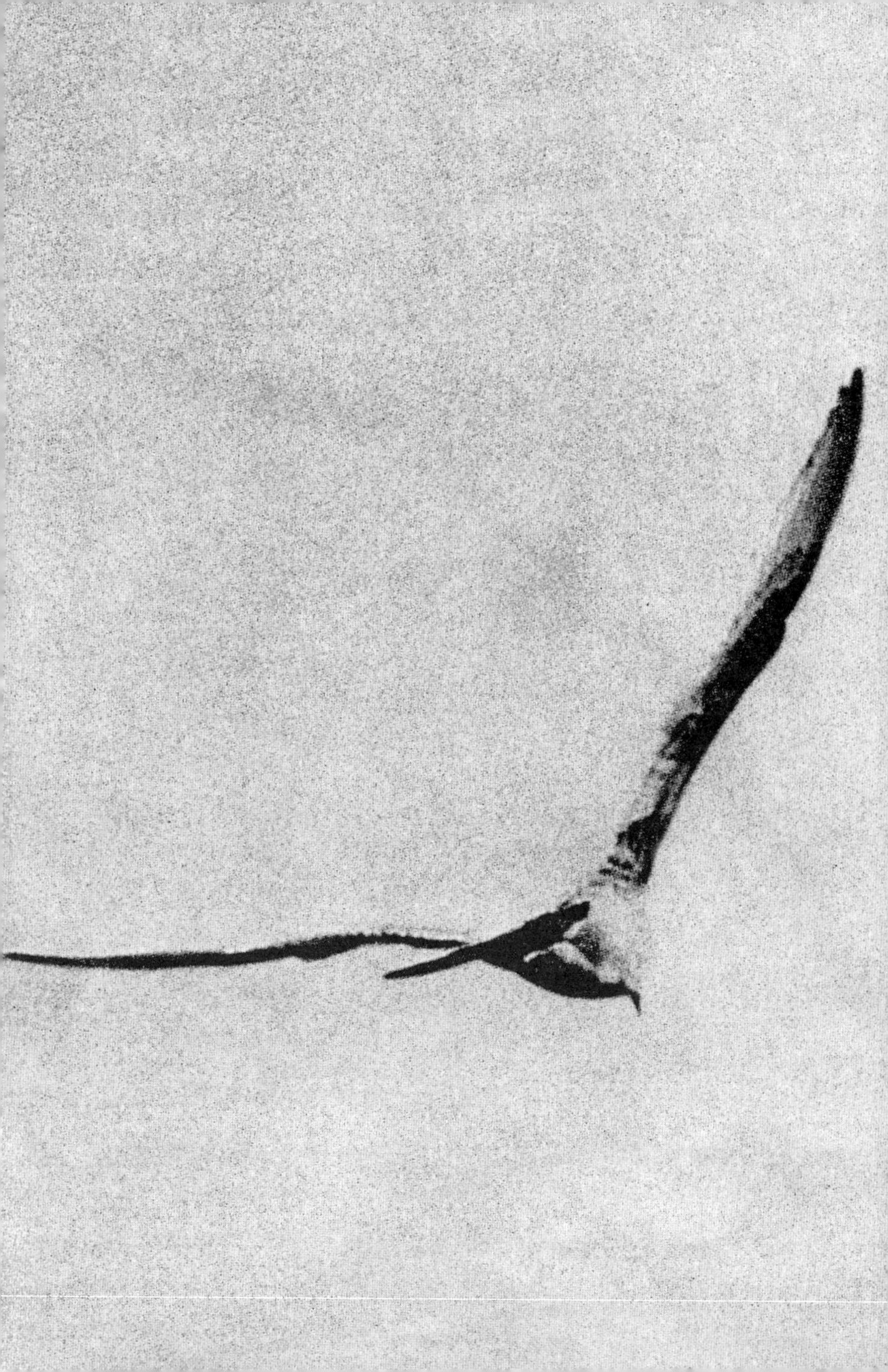

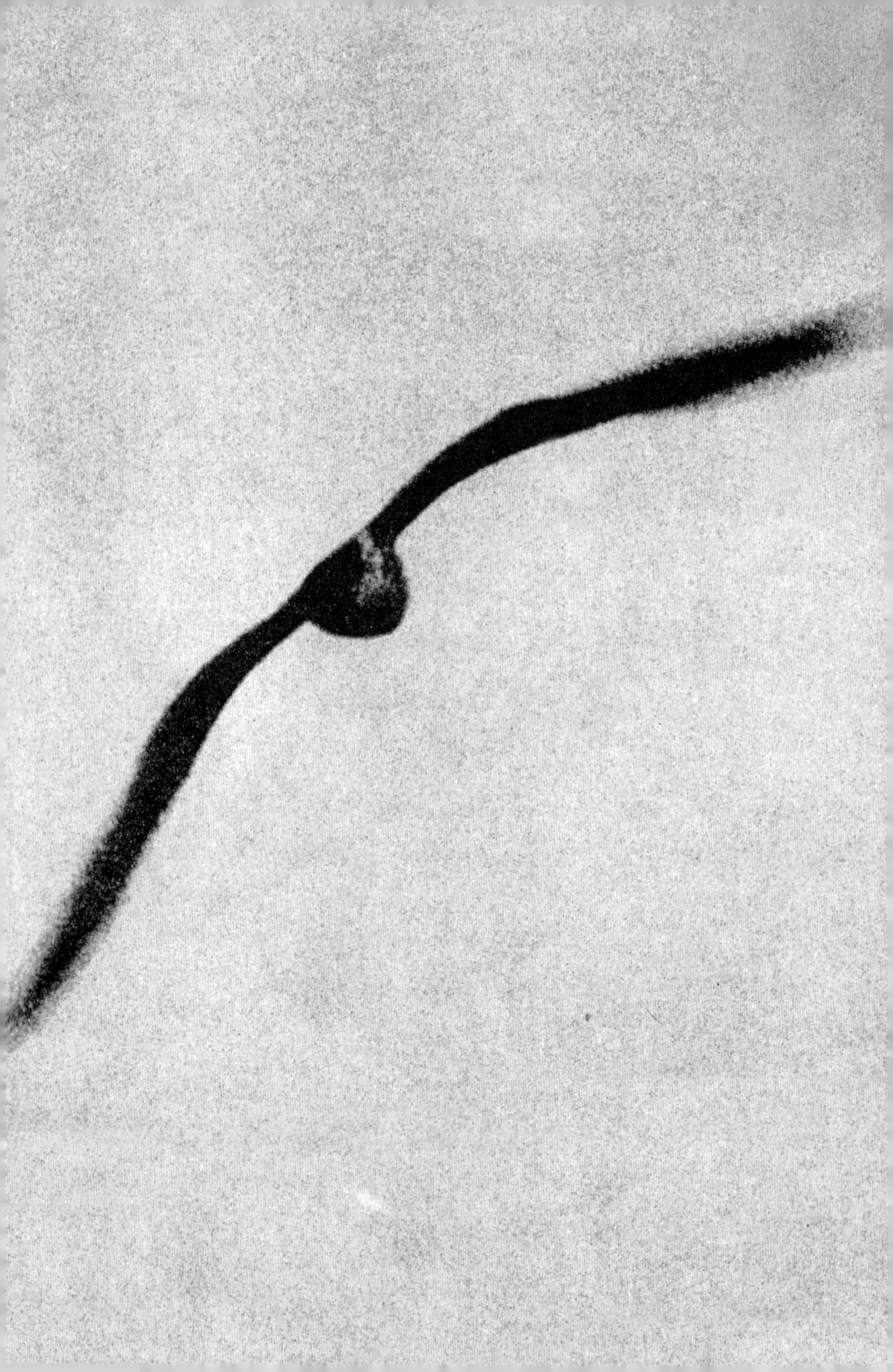

Önünde uzanan gelecekten umutluydu Jonathan.

Karaya indiğinde, Martı Konseyi'nin toplandığını gördü. Anlaşılan bir süredir toplantıdaydılar ve onu bekliyorlardı.

"Martı Jonathan Livingston! Ortaya çık!" Başkan bu sözleri, önemli bir toplantının ciddiyeti içinde söylemişti. Ortaya çıkmak ve herkesin karşısına geçmek büyük bir onur ya da onursuzluk kaynağıydı. Onurlandırılmak için ortaya çağrılmak, martılar arasında en önemli kişi olmaya, lider olmaya işaretti. "Bu sabah martılar 'başarımı' mutlak görmüş olmalılar," diye düşündü. "Fakat onurlandırılmak istemiyorum ben. Lider olmayı arzulamıyorum. Ben sadece öğrenmek istediğim şeyleri onlarla paylaşmak, ufkumuzun hiç de dar olmadığını göstermek istiyorum." Ve birkaç adım attı.

"Martı Jonathan Livingston," dedi Başkan. "Utanmazlığının, onursuzluğunun hesabını vermek için arkadaşlarının gözleri önüne, ortaya çık!"

Sanki kafasına bir balyoz yemişti. Dizlerinin bağı çözüldü, kanatları sarktı ve kulaklarında bir uğultu hissetti. İnanılacak gibi değildi; utanılacak bir şey yapmakla suçlanıyordu. Ya başarısı?.. Bu onun başarısıydı. Anlamıyorlar! Yanılıyorlar! Hatalı olan onlar!

"Bu pervasızlığın ve sorumsuzluğunla Martı Ailesi'nin gelenek ve göreneklerine aykırı hareket ettin, şerefimizi karaladın, beş paralık ettin," dedi aynı ciddi ses.

Bu suçlamanın anlamı, martı toplumundan dışlanmak ve Sarp Kayalıklar'da yalnız başına yaşamaya sürgün edilmekti.

"... bir gün Martı Jonathan Livingston, bu sorumsuzluğunun bedelinin çok ağır olduğunu öğreneceksin. Yaşam bizim için meçhuldür. Bilebildiğimiz tek şey, bu dünyaya yemek ve olabildiğince uzun yaşamak için geldiğimiz..."

Bir martının, Konsey'in önünde kendini savunma hakkı yoktur. Fakat Jonathan'ın sesi birden yükseldi. "Hangi sorumsuzluk kardeşlerim?" diye bağırdı. "Yaşamın gerçek anlamını arayan, bulmaya çalışan bir martıdan daha sorumluluk sahibi biri olabilir mi? Bin yıldır yaptığımız tek şey balık peşinde koşmak. Artık yaşamak için bir nedenimiz olmalı; öğrenmek, keşfetmek, özgür olmak gibi. Bana bir şans verin, öğrendiklerimi size göstereyim."

Konseyi oluşturan tüm martılar, bir taş gibi sert ve ifadesizdiler. Hepsi bir ağızdan, "Kardeşlik bitti!" diye haykırdılar ve onu duymazlıktan geldiler. Ardından arkalarını dönüp çekip gittiler.

Martı Jonathan, bundan sonraki günlerini tek başına Sarp Kayalıklar'ın da ötesinde uçarak geçirdi. Onu üzen şey yalnızlık değildi; diğer martılar uçmanın keyfine varamamış, uçmalarıyla gurur duyamamışlardı. Gözlerini azıcık aralayıp ileriye bakmayı reddetmişlerdi.

Her geçen gün daha çok şey öğreniyordu. Örneğin,

yüksek bir hızda kolaylıkla dalış yapabilmeyi öğrenmek ona, deniz yüzeyinin on fit aşağısında sürü halinde yüzen lezzetli ve ender bulunan balıkları avlama kolaylığı sağlamıştı. Artık yaşamını sürdürebilmek için balıkçı teknelerine, onların attıkları bayat ekmeklere ihtiyacı yoktu. Geceleri açıkta esen rüzgârla havada uyumayı, böylece gündoğumundan günbatımına kadar yüz mil kat etmeyi öğrenmişti. Havanın yağmurlu ve sisli olduğu çoğu zaman, diğer martılar her şeyden bihaber kıyıda pusup kalırken o, denizin üstünde oluşan yoğun sis bulutunu delip göz kamaştırıcı berraklıktaki gökyüzüne ulaşabiliyordu. Ayrıca çok sert esen rüzgârla birlikte karaların içlerine kadar sokulup orada keyifli bir akşam yemeğini oluşturacak böceklerin yerini de öğrenmişti.

Tüm sürü için istediği, tüm sürüye mal etmeyi arzuladığı her şeyi ne yazık ki yalnızca kendisi için elde edebilmişti. Uçmayı öğrenmişti ve bunun için ödediği bedel onu hiç üzmüyordu. Martı Jonathan bezginliğin, korkunun ve öfkenin bir martının ömrünü kısalttığını, bunları zihninden uzaklaştırdığında ise hoş ve uzun bir yaşam sürebileceğini de fark etmişti.

İki martı gecenin bir vakti geldiklerinde, Jonathan'ı, o çok sevdiği gökyüzünde yalnız ve huzur içinde süzülürken buldular. Kanatlarının dibinde beliriveren bu pırıl pırıl iki martının yaklaşımı dostçaydı. Fakat hepsinden hoş olan uçma becerileriydi. Bedenlerinden sabit bir uzaklıkta tuttukları kanatları, belirli bir dıκkat ve kararlılıkla hareket ediyordu.

Jonathan tek bir kelime bile etmeden, hemen onları, hiçbir martının geçemeyeceği bir sınava tabi tuttu. Kanatlarını büküp saatte sadece bir mil hızla uçmaya başladı.

Işıklar saçan bu iki kuş da onunla birlikte aynı yavaşlıkta, kolaylıkla uçtu. Onlar da yavaş uçmayı biliyorlardı.

Jonathan kanatlarını sımsıkı kapatıp bir takla attı ve saatte yüz doksan mil hızla aniden dimdik bir dalışa geçti. İki martı da onunla birlikte, kusursuz bir biçimde hızla daldılar. En sonunda Jonathan, denizden yukarı doğru son hızla yükseldi ve yavaş taklalar atmaya başladı. Gülümseyerek onlar da takla atmaya geçtiler. Jonathan, düz uçuşuna geri döndü ve konuşmadan önce bir an sesiz kaldı. "Çok güzel," dedi. "Evet, kim olduğunuzu söyleyin bakalım."

"Aynı sürüdeniz Jonathan, biz senin kardeşleriniz." Kendilerinden gayet emin, sakince konuşuyorlardı. "Seni daha yükseklere, evine götürmeye geldik."

"Benim evim yok, bir sürüye ait değilim. Ben, toplumdan dışlanmış biriyim. Şu an, Büyük Dağ Rüzgâr'ın doruklarında uçuyoruz. Artık bu yaşlı vücut, birkaç yüz fitin daha üstüne çıkacak güçte değil."

"Yapabilirsin Jonathan. İlk basamağı atladın sen, artık ikinci basamağa geçme zamanı geldi."

Bütün yaşantısında olduğu gibi, Martı Jonathan için bu an da çok aydınlatıcıydı. Haklıydılar. Daha yükseklerde uçabilirdi. Artık eve dönme zamanıydı.

Oradan ayrılmadan önce, çok şey öğrendiği o gümüş renkli, görkemli gökyüzüne son bir kez daha baktı.

"Evet, hazırım," dedi sonunda.

Ve Martı Jonathan Livingston, ışıklar saçan iki martıyla birlikte, kapkaranlık gökyüzüne yükselerek gözden kayboldu.

İKİNCİ BÖLÜM

Burası cennet olmalı, diye düşündü ve kendi kendine gülümsedi. Oraya yeni gelen birinin, cennet hakkında o anda bir yorum yapması kolay değildi.

Pırıl pırıl iki martıyla iç içe, bulutların ötesinde dünyadan gelirken kendi bedeninin de en az onlar kadar parlaklaştığını gördü. Her zaman ışıl ışıl gözlerle bakan aynı genç Martı Jonathan işte yine oradaydı, sadece dış görünüşü değişmişti.

Aynı martıydı, fakat daha şimdiden önceki uçuşlarından çok daha iyi uçabilmişti. "Dünyadaki çabamın yarısını göstererek hızımı iki katına çıkarabilir, dünyadakinden iki kat daha başarılı olabilirim."

Tüyleri pırıl pırıl parlıyordu şimdi, kanatları ise cilalanmış gümüş bir levha kadar mükemmel görünüyordu. Büyük bir zevkle kanatları hakkında da yeni bir şeyler öğrenmeye, bu yeni kanatlarını daha fazla çalıştırmaya başlamıştı.

Saatte iki yüz elli mil hız yaptığında, uçabileceği maksimum hız düzeyine yaklaştığını hissetti. İki yüz yetmiş üç mile ulaştığında, uçabileceği en son hızın bu olduğunu düşündü ve bir hayal kırıklığına uğradı. Eski uçuş rekorundan daha hızlı olmasına rağmen, yeni bedeninin yapabileceği şeylerin de bir sınırı vardı. Bu sınırı aşmak için çok büyük bir çaba gerekliydi. Fakat cennette hiçbir sınır olmamalı, diye düşündü.

O sırada, bulutları yarıp gelen birkaç martı, "İyi inişler!" dediler ve gökyüzünde kayboldular.

Girintili çıkıntılı sarp bir kıyıya doğru deniz üzerinden uçuyordu. Sarp kayalıkta, kendini rüzgâra bırakmış birkaç martı çalışıyordu. Birkaçı ise ufukta, kuzeye doğru uçuyordu. İşte bir sürü yeni yer, yeni düşünce, yeni soru. Ama neden bu kadar az martı vardı? Cennet bir martı sürüsüne dönmeliydi. Niçin kendimi birdenbire bu kadar yorgun hissediyorum? Oysa cennetteki martıların yorulmaması, uyumak istememesi gerekir.

Bunu acaba nereden duymuştu? Dünyadaki yaşamına ilişkin anıları giderek zayıflıyor, anımsanmaz oluyordu. Dünya, onun çok şey öğrendiği bir yerdi fakat ayrıntılar, özellikle bir lokma yiyecek için mücadeleye girişme ve sürüden dışlanmaya dair ayrıntılar giderek silikleşiyordu.

Bir düzine martı, sahile, onun yanına tanışmak için geldi fakat tek bir kelime bile etmediler. Jonathan sadece, gelişinden dolayı hoşnut olduklarını hissetti. Burası onun eviydi. O gün ona, güneşin doğuşunu bile hatırlamayacak kadar uzun gelmişti.

İniş için sahile yöneldi. Havada birkaç santim yükseklikte kanatlarını çırparak yumuşak bir iniş yaptı. Diğer martılar da kumsala inmişlerdi, fakat inerken hiçbiri kanatlarını çırpmamıştı. Pırıl pırıl kanatlarını rüzgârda germiş salınarak uçarlarken hafif bir kavis çizip neredeyse ayakları yere değeceği anda inmişlerdi. İnişlerini çok iyi kontrol edebiliyorlardı. Jonathan hayran kalmıştı, fakat o an bunu deneyemeyecek kadar yorgun hissediyordu kendini. Ve kumsalda sessizce dururken uyuyup kalıverdi.

İlerleyen günlerde Jonathan uçuş hakkında ardında bıraktığı dünyada ne kadar çok şey öğrendiyse, bir o kadar da burada öğrenmesi gerektiğini anladı. Fakat bir fark vardı arada; buradaki martılar da kendisi gibi düşünüyorlardı. Onların her birinin yaşamındaki en önemli şey, her şeyden çok sevdikleri uçma konusunda kendilerini aşmak ve mükemmele ulaşmaktı. Onların hepsi muhteşem kuşlardı. Her gün tüm vakitlerini geliştirdikleri yöntemleri deneyerek, uçuş çalışmaları yaparak geçiriyorlardı.

Uzun bir süre, Jonathan, gözlerini uçma zevkine karşı sıkıca kapatmış, kanatlarını yiyecek bulma dışında bir şey için kullanmayan sürüsünün yaşadığı dünyaya ilişkin her şeyi unutmuştu. Ancak ara sıra, bir an da olsa hatırladığı oluyordu.

Bir sabah, kıvrık kanatla takla atma denemeleri yaptıktan sonra kumsalda dinlenirken önceki yaşamı aklına geldi.

Garip sesler çıkararak ya da çığlıklar atarak değil, sadece bu tür martıların kurabildiği sözsüz bir iletişimle, "Herkes nerede Sullivan?" diye sordu. "Niye çoğumuz burada değiliz? Oysa geldiğim yerde ..."

"... binlerce, binlerce martı var, biliyorum," diyerek başını salladı Sullivan. "Bildiğim tek yanıt, senin milyonda bir rastlanan ender kuşlardan olduğun Jonathan. Yola çıkanlarımızın çoğu çok yavaştı. Nereden geldiğimizi hemen unutup nereye gittiğimizi merak bile etmeden, günübirlik yaşayarak çoğu kez birbirinin aynısı olan şeyi yaptık; bir dünyadan gelip diğerine gittik. Yemekten, birbirimizle mücadele etmekten, sürüye gücümüzü kanıtlamaya çalışmaktan daha başka yaşama nedenleri olduğunu öğrenmek için kaç yaşamdan geçmek zorunda kaldık, bir fikrin var mı Jonathan? Binlerce Jon, on binlerce! Ardından, mükemmellik diye bir şeyin varlığını fark edene kadar yüzlerce yaşam daha... Yaşama amacımızın mükemmeli bulma ve onu açığa çıkarma olduğunu anlamak için diğer yüzlercesi daha yaşandı. Şimdi de aynı kural geçerli, tabii ki diğer dünyayı bir öncesinde öğrendiklerimizle kurarız. Fakat hiçbir şey öğrenilmemişse, sonraki yaşam öncesinin aynısı olacaktır; aynı sınırlar ve kazanmak için yüklenilen aynı sıkıntılar..."

Kanatlarını iyice açtı ve yüzünü rüzgâra doğru döndü. "Fakat sen Jon," dedi, "şu anki yaşamına ulaşabilmek için binlerce yaşamın peşinden koşmak zorunda kalmadın. Her şeyi bir kerede öğrendin."

Biraz sonra uçuş denemeleri için tekrar havadaydılar. Martı Jonathan, ikili ters takla atmada zorlanıyordu. Yarım bir ters dönüş yaptıktan sonra, öğretmeninkiyle tam bir uyum içinde, kanatlarında bir kavis oluşturarak ters dönmek, üstelik tüm bunları başı aşağıda düşünmek zorundaydı.

"Hadi yeniden dene," dedi tekrar tekrar Sullivan. "Hadi yeniden dene." Ve işte sonuç: "Çok iyi." Sonra dış takla denemelerine başladılar.

Bir akşam, gece uçuşu yapmayan martılar kumsalda toplanmış, düşünüyorlardı. Jonathan bütün cesaretini toplayıp kısa bir süre sonra bu dünyadan ayrılacağı söylenen en yaşlı martının yanına gitti.

"Chiang..." dedi biraz kaygılı.

Yaşlı martı ona şefkatle baktı. "Söyle oğlum." Yaşının onu zayıf düşürmesi gerekirken gücü kuvveti hâlâ yerindeydi. Sürünün en iyi uçan martısıydı. Diğerlerinin henüz yeni yeni öğrenmeye başladığı pek çok beceriye sahipti.

"Burası cennet değil Chiang, öyle değil mi?"

Yaşlı martının ay ışığı vuran yüzünde bir gülümseme belirdi. "Hâlâ öğreniyorsun Martı Jonathan," dedi.

"Buradan sonra neler olacak? Nereye gidiyoruz? Cennet diye bir yer yok mu?"

"Hayır Jonathan, böyle bir yer yok. Cennet bir yer, bir mekân değildir, bir zaman dilimi değildir. Cennet öğrenmektir, mükemmelliktir." Bir an sessiz kaldı. "Sen hızlı bir uçucusun, öyle değil mi?"

"Ben ... ben hızı seviyorum," dedi şaşkınlıkla ama yaşlı martının da bunu fark etmesinden dolayı gururlanmıştı.

"En iyi hıza ulaştığın an, cennete de ulaşmış olacaksın Jonathan. Ve bu saatte bin mil, bir milyon mil hızla ya da ışık hızıyla uçmak anlamına gelmiyor. Çünkü rakamlar sınırları belirler; iyinin, mükemmelin sınırları yoktur. Mükemmel hıza ulaşmak oğlum, orada olmak demektir."

Hiçbir şey demeden, Chiang bir anda gözden kayboldu ve aynı anda deniz kenarında, elli fit uzaklıkta tekrar göründü. Sonra birden yine kayboldu ve aynı saniyede Jonathan'ın omzu dibinde beliriverdi. "Bu ne hoş, değil mi?" dedi.

Jonathan hayran kalmıştı. Cennet hakkında sormak istediği tüm soruları unutmuştu. "Bunu nasıl yaptınız? Nasıl bir duygu? Ne kadar uzağa gidebilirsiniz?"

"Gitmek istediğin her yere, istediğin her zamana gidebilirsin," dedi yaşlı martı. "Düşündüğüm her yere, her zamana gittim ben." Denize doğru baktı. "İlginç. Mükemmelliği küçümseyen martılar yavaştır, hiçbir yere gidemezler. Mükemmele ulaşmak için uçanlar ise hızlıdırlar ve her yere gidebilirler. Unutma Jonathan, cennet bir zaman dilimi ya da bir mekân parçası değildir, çünkü zaman ve mekân kavramları anlamsızdır. Cennet..."

"Bana da böyle uçmayı öğretir misiniz?" Bir bilinmezi daha yeneceğini düşünmenin keyfiyle ürperdi.

"Öğrenmek istiyorsan elbette."

"Çok istiyorum. Ne zaman başlıyoruz?"

"Madem istiyorsun, hemen başlayabiliriz."

Jonathan'ın gözlerinde bir ışıltı belirdi. "Böyle uçmayı öğrenmek istiyorum," dedi. "Ne yapmam gerektiğini söyleyin bana."

Genç martıyı dikkatlice izleyen Chiang yavaş bir ses tonuyla konuşuyordu. "Düşündüğün en son hızda herhangi bir yere uçabilmek için daha şimdiden oraya vardığını kabul etmelisin," dedi.

Chiang'a göre bu işin kuralı, Jonathan'ın kendisini bir metre kanat açıklığıyla sınırlı bir bedene sahip, rotası belirlenmiş bir martı olarak görmemesiydi. Kural; gerçek doğasını, bilinen tüm rakamları aştığı, zamanın ve mekânın ötesine geçtiği zaman yaşayabileceğini bilmesiydi.

Jonathan inatla her gün, gündoğumundan geceyarılarına dek çalıştı. Fakat tüm çabalarına rağmen, başladığı noktadan bir adım bile ilerleyememişti.

"İnancı unut," dedi Chiang tekrar tekrar. "Uçmak için inanca ihtiyacın yok, sadece uçmayı anlaman yeterli. Hadi tekrar dene..."

Bir gün Jonathan kıyıda, tüm dikkatini Chiang'ın sözleri üzerine yoğunlaştırmış, gözleri kapalı düşünürken onun ne anlatmak istediğini birdenbire anlayıverdi. "Doğru! Ben sınırları olmayan, mükemmel bir martıyım." Jonathan, büyük bir hoşnutluk içindeydi.

"Güzel!" dedi Chiang, sesinde bir zafer havası vardı.

Jonathan gözlerini açtığında, yaşlı martıyla yalnız başlarına, su kenarlarına dek ağaçların uzandığı, tepede ışıl ışıl güneşlerin dönüp durduğu farklı bir sahildeydiler. "Sonunda anladın," dedi Chiang, "fakat kontrolünü daha iyi sağlamak için biraz daha çalışmaya ihtiyacın var."

Jonathan şaşkındı. "Neredeyiz?"

Bu ilginç çevreden etkilenmeyen yaşlı martı, Jonathan'ın sorusunu hiç önemsemedi. "Gördüğün gibi, yeşil bir göğü ve güneş yerine iki yıldızı olan bir gezegendeyiz."

Jonathan zevkten bir çığlık attı. Bu, dünyayı terk ettiğinden beri çıkardığı ilk sesti: "BAŞARDIM!"

"Tabii ki başardın Jon," dedi Chiang. "Eğer ne yaptığını iyi biliyorsan her zaman başarırsın. Başarmak için ne yaptığını bilmek gerek. Şimdi kontrolünü sağlama konusuna..."

Geri döndüklerinde hava kararmıştı. Diğer martılar Jonathan'a hayranlık içinde bakıyorlardı. Çünkü o, çok uzun bir süre yaşadığı yeri, aslını kolaylıkla terk edebilmişti.

Çok kısa bir süre sonra Jonathan, onların kutlamalarına karşılık veriyordu. "Burada henüz çok yeniyim. Her şeye yeni başlıyorum! Sizlerden öğrenecek çok şeyim var!"

Yanında duran Sullivan, "Sanmıyorum," dedi. "On bin yıldır gördüğüm martıların arasında, öğrenmeden en az korkanısın." Sürü bir an sessiz kaldı. Jonathan ise biraz utangaçlaşmıştı.

"İstediğin zaman çalışmaya başlayabiliriz," dedi Chiang, "ta ki geçmişe ve geleceğe uçabilene kadar. Ardından daha zoruna, daha güç gerektirene, fakat hepsinden daha keyifli olana başlamaya hazır olacaksın. O zaman gerçekten uçmaya, iyiliğin ve sevginin gerçek anlamını öğrenmeye başlayacaksın."

Bir ay -ya da bir aymış gibi hissedilen bir zaman dilimigeçip gitmişti ve Jonathan son derece hızlı öğreniyordu. Önceden öğrendiği şeyler bilinen, sıradan şeylerdi. Şimdi ise yaşlı martının özel bir öğrencisiydi ve sanki tüylü bir bilgisayar gibi, bir sürü yeni bilgiyi belleğine kaydediyordu.

Derken, Chiang'ın gitmesi gereken gün geldi çattı. Chiang, hepsiyle sükûnet içinde konuştu ve onlara öğrenmeyi, öğrendiklerini uygulamayı ve yaşamın gizli saklı kalmış tüm mükemmel ilkelerini anlama çabalarını hiçbir zaman bırakmamalarını tembih etti. O konuştukça tüyleri aydınlandı, aydınlandı ve sonunda hiçbir martının bakamayacağı kadar parlaklaştı.

"Jonathan," dedi, "sevgiyi sakın ihmal etme." Ve bunlar, onun son sözleri oldu.

Tekrar görmeye başladıklarında, Chiang gitmişti.

Günler geçtikçe, Jonathan geldiği dünyayı daha sık düşünmeye başladı. Eğer burada öğrendiklerinin sadece onda birini, yüzde birini orada öğrenmiş olsaydı, ne anlamlı bir yaşam olurdu. Orada hâlâ, sınırlarını aşmaya çabalayan, bir lokma ekmek için teknelerin etrafında dönüp dolaşmaktan öte, uçmanın gerçek anlamını bulmaya çalışan bir martı var mıydı, merak ediyordu. Belki de sürünün yüzüne gerçekleri haykırdığı için dışlanmış bir martı bile vardı. İyilik hakkında aldığı dersler, sevginin doğası hakkında öğrenmeye çalıştıkları, onda dünyaya geri dönme isteği uyandırıyordu. Geçmişi yalnızlıkla dolu olmasına rağmen Martı Jonathan bir öğretmen olarak doğmuştu. Ve onun sevgisini gösterme yolu, yalnızca gerçekleri görmek için fırsat kollayan bir martıya doğruları öğretebilmekti.

Düşünce hızıyla uçmada usta olan ve bu konuda diğerlerinin öğrenmesine yardım eden Sullivan, onun söylediklerine kuşkuyla bakıyordu.

"Jon, sen sürüden dışlanmış birisin. Niçin şimdi o martılardan herhangi birinin seni dinleyeceğini düşünüyorsun? Doğru olan bir atasözünü sen de biliyorsun: *En yüksekten uçan martı, en uzağı görendir.* Geldiğin yerdeki martılar sahilde pinekleyen, acı acı bağırıp kendi aralarında dövüşen martılar. Onlar, cennetten bin mil uzaktalar ve sen onlara, bulundukları yerden cenneti gösterebileceğini söylüyorsun. Jon, onlar kanatlarının ucunu bile göremezler! Burada kal ve senin öğreteceklerini anlayabilecek yeterlilikteki yeni martılara yardımcı ol." Bir an sessiz kaldı ve ardından, "Eğer Chiang eski dünyasına geri dönmüş olsaydı, sen bugün nerede olurdun bir düşünsene," dedi.

Sullivan son sözü söylemişti ve haklıydı. *En yüksekten uçan martı, en uzağı görendir.*

Jonathan orada kaldı. Yeni gelen, hepsi pırıl pırıl, öğrenmeye hazır martılarla çalışmaya başladı. Fakat düşünceleri peşini bırakmıyordu. Dünyada da bir ya da iki tane öğrenmeye hazır martı olmalıydı. Eğer Chiang'la sürüden dışlandığı gün karşılaşmış olsaydı, şimdikine göre ne çok şey öğrenmiş olurdu.

Nihayet, "Sully, benim gitmem gerekiyor," dedi. "Öğrencilerin oldukça iyi, yeni gelenlere onlar da yardımcı olabilirler."

Sullivan derin bir iç çekti fakat onunla tartışmadı. Bütün söylediği, "Seni çok özleyeceğim Jonathan," oldu.

"Ayıp ediyorsun Sully," dedi Jonathan sitem ederek. "Mantıklı ol lütfen! Onca zaman neyi öğrenmeye çalıştık? Dostluğumuz zaman ve mekânla sınırlıysa, zamanı ve mekânı aştığımız an, kardeşliğimizin bitmesi gerekir. Zaman ve mekân kavramını aştığımıza göre istediğimiz an görüşebileceğimizi hiç düşünmüyor musun?"

Martı Sullivan zoraki gülümsedi. "Sen çılgın bir kuşsun," dedi dostça. "Eğer biri karadan bin mil ötesini nasıl görebileceğini başka birine gösteriyorsa, bu kesinlikle Martı Jonathan Livingston olmalı, diye düşüneceğim." Ardından gözlerini kuma eğip, "Hoşça kal, dostum Jon," dedi.

"Hoşça kal Sully, tekrar görüşeceğiz."

Jonathan bir başka zaman diliminde, sahilde büyük bir martı sürüsü düşledi. Yaşadıkları ona, bir tüy ve kemik yığını değil, kusursuz bir uçma ve özgürlük fikriyle donatılmış, hiçbir şeyle sınırlandırılamayacak bir martı olduğunu öğretmişti.

Martı Fletcher Lynd henüz çok genç olmasına rağmen, durup dururken bir sürünün herhangi bir martıya acımasızca davranmayacağını, ona haksızlık etmeyeceğini biliyordu.

"Ne dedikleri umurumda bile değil." Sesi şiddet doluydu ve sarp kayalıklara doğru uçarken gözleri dolmuştu. "Uçmak bir yerden bir yere ulaşmak için kanat çırpmaktan daha öte bir şey. Bunu ... bunu bir sivrisinek de yapar. Sadece hoşluk olsun diye, liderimiz yaşlı martının gözü önünde ufak bir takla atmam, sürüden dışlanmama yetti. Onlar, ne yaptığımı göremeyecek kadar kör müydüler? Gerçekten uçmayı öğrendiğimiz zaman ne kadar gururlanacağımızı düşünemezler miydi?

"Ne dedikleri umurumda bile değil. Onlara uçmanın ne demek olduğunu göstereceğim. Eğer istedikleri buysa, kural dışı olacağım ve onları pişman edeceğim."

Birdenbire bir ses yükseldi kafasının içinde. Hiç de sert olmayan bir ses olmasına karşın onu ürkütmüş, havada sendelemesine ve düşecek gibi olmasına neden olmuştu.

"Onlara karşı bu kadar acımasız olma Martı Fletcher.

Diğer martılar seni sürüden dışlamakla sadece kendilerine zarar verdiler ve inan, bir gün bunu anlayacaklar. Bir gün onlar da senin gördüklerini görebilecekler. Bağışla onları ve gerçekleri anlamalarına yardımcı ol."

Sağ kanat ucunun iki üç santim ilerisinde, dünyanın en beyaz, en pırıl pırıl martısı uçuyordu. Neredeyse Fletcher'ın ulaştığı en yüksek hıza yakın bir hızda, tek bir tüyü bile oynamaksızın, hiçbir çaba harcamadan süzülüyordu.

Bu olay genç martıda anlık bir kaos yarattı.

"Neler oluyor? Deliriyor muyum ne? Yoksa öldüm mü? Bu neydi?"

Yavaş ve sakin ses, yanıt beklentisiyle düşüncelerine giriverdi. "Martı Fletcher Lynd, uçmak istiyorsun, değil mi?"

"EVET, UÇMAK İSTİYORUM!"

"Martı Fletcher Lynd, süründeki martıları affedip bu işi iyice öğrendikten sonra geri dönmek ve onların öğrenmelerine yardımcı olmak için de uçmayı ister misin?"

Martı Fletcher ne kadar incinmiş ve ne kadar onurlu olursa olsun, bu görkemli usta varlık karşısında yalan söyleyemezdi.

"İsterim," dedi yavaşça.

O muhteşem varlık, "Öyleyse Fletch," dedi sevecen bir sesle, "düz uçuşla başlayalım."

ÜÇÜNCÜ BÖLÜM

Jonathan uzaktaki sarp kayalıkta, daireler çizip etrafa bakınarak yavaş yavaş dolaşıyordu. Henüz çoğu şeyden habersiz genç Martı Fletcher'ın, mükemmel uçmaya çok yakın bir öğrenci olduğunu düşündü. Zeki, güçlü ve hızlıydı. Fakat en önemlisi, uçmayı öğrenmede ısrarlıydı.

Fletcher, saatte yüz elli mil hızla öğretmenini bir şimşek gibi geçip çok iyi bir dalış yaparak sanki gri bulanık bir siluetmiş gibi çıkageldi. Hemen başka bir çalışmaya geçti; on altı sayışlı dik yavaş takla atma çalışmasına başladı, sesli sesli sayarak.

"... sekiz... dokuz... on... görüyor musun Jonathan, hızım kesiliyor... on bir... senin gibi keskin duruşlar yapmak istiyorum... on iki... fakat şu lanet rüzgâr yüzünden henüz yapamıyorum... on üç... son üç sayı... on döö... ah!"

Havada hızını kaybedip bocalaması, Fletcher'ın öfke ve hiddetini artırmıştı. Sırtüstü düşmeye başladı. Derken keskin bir dönüş yapıp bir takla attı. Öğretmeninin seviyesinin yüz fit altında dengesini bulduğunda nefes nefese kalmıştı.

"Benimle vakit kaybediyorsun Jonathan! Ben sersemin tekiyim, çok aptalım! Tekrar tekrar deniyorum fakat bir türlü yapamıyorum."

Martı Jonathan ona baktı ve doğrularcasına başını salladı. "Bu kadar keskin hareketler yaptığın sürece, kesinlikle yapamazsın. Daha başlangıçta, saatte kırk mil hız kaybettin Fletcher. Yumuşak olmalısın. Unutma, kararlı ama yumuşak."

Genç martının yanına, onun seviyesine indi. "Hadi şimdi birlikte tekrar deneyelim. Dikkatli ol. Yumuşak ve akıcı bir başlangıç yapmalısın."

Üç ay sonunda Jonathan'ın, hepsi sürüsünden dışlanmış, uçmanın zevkine varmaya çalışan ve bununla ilgili yeni, ilginç fikirlere meraklı altı öğrencisi daha olmuştu. Fakat hepsi için şu an, çok büyük bir çaba göstererek çalışmak, bunun ardındaki gerçek nedeni anlamaktan daha kolaydı.

Gece olunca kumsalda, "Hepimizde gerçekte, mükemmel martı olma düşüncesi, sınırsız bir özgürlük düşüncesi var," diyecekti Jonathan. "Uçma konusundaki hassaslık, bizim gerçek doğamızın bir ifadesidir. Bizi sınırlayan her şeyi bir tarafa atmalıyız. Hız artırma çabaları, alçaktan uçuş, akrobatik hareketler, işte hepsinin nedeni..."

... Öğrencileri, bütün bir günü uçarak geçirmenin yorgunluğuyla uyuyup kalacaklardı mutlaka. Çalışmayı seviyorlardı, çünkü hızlı ve heyecanlıydı, çünkü her derste geliştiklerini hissediyorlar, öğrenme açlıklarını gideriyorlardı. Fakat hiçbiri, Martı Fletcher Lynd bile, uçma fikrinin bir rüzgârın esmesi, bir tüyün havada süzülmesi kadar gerçek olabileceğini düşünemiyordu.

Bir başka zaman ise, "Bir kanat ucunuzdan diğerine kadar tüm bedeniniz, düşündüklerinizden başka bir şey değil," diyecekti. "Düşüncelerinizin zincirlerinden kurtulun, bedenlerinizin zincirlerini kırın..."

Bunları nasıl söylerse söylesin, onlar hep keyifli bir masal dinler gibi dinleyecek ve uykuya dalacaklardı.

Bir ay sonra Jonathan, sürüye geri dönme vakitlerinin geldiğini söyledi.

"Biz henüz buna hazır değiliz," dedi Martı Henry Calvin. "Biz sürüden dışlanmış martılarız. Onların geri dönmemizden hoşnut olacaklarını sanmıyorum. İstenmediğimiz bir yere gitmek için kendimizi zorlayamayız, öyle değil mi?"

"İstediğimiz yere gitmekte ya da istediğimiz yerde bulunmakta özgürüz," diye yanıtladı Jonathan ve kumsaldan ayrılarak doğuya, sürüsünün yaşadığı topraklara yöneldi.

Öğrencileri bir an kararsız kaldılar. Sürünün yasalarına göre, sürüden dışlanmış martılar bir daha geri dönemezlerdi. Bu yasa on bin yıldır bir kez olsun çiğnenmemişti. Yasalar "kalın orada" diyordu, Jonathan ise "geri dönün." Şu an Jonathan, deniz boyunca bir mil yol almıştı bile. Eğer biraz daha bekleyecek olurlarsa Jonathan, kendisine düşman sürüye yalnız dönmüş olacaktı.

"Bizler sürünün bir parçası değilsek, kurallarına da uymak zorunda değiliz," dedi Fletcher biraz kaygılı.

"Eğer mücadele edeceksek, orada, buradakine nazaran birbirimize daha çok ihtiyacımız olacak."

Böylece sabah, sekizi birden, kanatları neredeyse birbirine değecek şekilde, iki baklava dilimi şekli oluşturarak yola koyuldular.

Grup Jonathan'ın liderliğinde, sağda yumuşacık, telaşsızca uçan Fletcher, solda onlara uymak için çabalayan Calvin olmak üzere, saatte yüz otuz beş mil hızla sürünün toplantı yaptığı kumsala geldi. Ardından, çok sert rüzgâra rağmen tüm grup birer birer yavaşça sağa yattı... düzeldi... ters döndü... düzeldi.

Grup, sürünün günlük yaşamının monoton uğraş ve bağırışlarını sanki dev bir bıçak gibi kesmişti. Sekiz bin martı, gözlerini bile kırpmaksızın onları izliyordu. Sekizi birden teker teker, ölü gibi duran martıların etrafında taklalar atarak kumsala indi. Sanki her günkü olayın bir parçasıymış gibi, Martı Jonathan hemen uçuşun eleştirisine geçti.

"Başlangıçta," dedi hoşnutsuz bir gülümsemeyle, "birleşmekte biraz geç kaldınız."

Sürü büyük bir şaşkınlık içindeydi. Bu kuşlar sürüden kovulmuşlardı ama işte şimdi geri dönmüşlerdi. Bu ... bu olanaksızdı! Sürünün bu şaşkınlığı karşısında, Fletcher'ın kavga çıkacağı yolundaki beklentisi gerçekleşmemişti.

"Onlar sürüden dışlandılar, tamam," dedi genç martılardan biri, "fakat böyle uçmayı nerede öğrenmiş olabilirler?"

Başkan'ın verdiği emrin sürüde yayılabilmesi için yaklaşık bir saatin geçmesi gerekti: Onları kimse önemsemesin! Sürüden dışlanmış martılarla konuşanlar da sürüden dışlanacaktır. Sürgünlerle ilgilenen martı, sürünün kurallarını ihlal etmiş sayılacaktır.

İlerleyen dakikalarda bütün sürü, büyük bir saygısızlıkla Jonathan'a sırtını döndü. Jonathan bunu hiç önemsemedi. Çalışmalarına kumsalda devam ettiler. Jonathan ilk andaki gibi, öğrencilerinin yeteneklerini sonuna dek zorlamaya devam ediyordu.

"Martı Martin," diye gökyüzüne doğru bağırdı. "Düşük hızda uçmayı iyi bildiğini iddia ediyorsun. Bunu bize kanıtlayana kadar, hiçbir şey bilmediğini kabul ediyoruz. Hadi uç bakalım!"

Oldukça sessiz bir martı olan küçük Martin William, öğretmeninin söyledikleriyle irkilerek harekete geçti. Hafif bir rüzgârda kanatlarına, bir kez bile çırpmadan uçabilecek şekilde bir kavis vererek kumsaldan bulutlara doğru uçtu ve tekrar geri geldi. Kendisini bile hayrete düşürecek kadar ustaca gerçekleştirmişti bunu.

Martı Charles Roland da aynı şekilde, Büyük Dağ Rüzgârı'yla birlikte, yirmi dört bin fite yükseldi. Soğuk hava yüzünden morarmış bir halde geri geldiğinde mutluydu ve herkesi hayran bırakmıştı. Yarın daha da yükseğe çıkmaya kendi kendine karar vermişti.

Akrobatik hareketleri herkesten çok seven Martı Fletcher da on altı sayışlı dik yavaş taklasını başarıyla gerçekleştirdi. Ertesi gün bu çalışmasına üçlü yan taklayı da ekleyip kendini ispatladığında, güneş ışığı gibi pırıl pırıl parlayan tüyleri, bir sürü gözün kendisini izlediği kumsala yansımıştı.

Jonathan, önerilerde bulunarak, çalışmaya yönelterek ve yol göstererek her an, her bir öğrencisinin yanında bulunuyordu. Sürüdeki martılar karada acınacak bir halde bir araya toplanmış dururken o, öğrencileriyle geceleri bulutların arasında rüzgâra karşın uçuyordu.

Uçuşları bittiğinde öğrencileri, Jonathan'ı büyük bir dikkatle dinleyerek kumsalda dinleniyorlardı. Bazen onların bir türlü anlayamadığı çılgınca görüşler ileri sürüyor, fakat bazen de çok rahat anladıkları mükemmel görüşlerinden söz ediyordu.

Geceleri öğrencilerinin oluşturduğu grup dışında bir grup daha oluyordu. Bu, onu karanlıkta saatlerce dinleyen meraklı martıların oluşturduğu bir gruptu, fakat bu martıların öğrenme hevesi şafak sökmeden önce geçiyordu. Çünkü hiçbiri onlarla birlikte görülmek istemiyordu.

Sürüden ilk martı onların yanına gelip uçmayı nasıl öğrendiklerini sorduğunda, geri dönüşlerinin üzerinden tam bir ay geçmişti.

Bu sorusuyla Martı Terrence Lowell hemen mahkûm edilmiş, ona sürgün damgası yapıştırılmıştı. Böylece o, Jonathan'ın sekizinci öğrencisi oluvermişti.

Ertesi gece, sol kanadını sürüyerek kumsal boyunca yalpalaya yalpalaya Martı Kirk Maynard geldi ve Jonathan'ın ayakları dibine çöktü.

"Yartım et bana," dedi sessizce, sanki ölüm döşeğindeki biri gibi konuşuyordu. "Uçmayı dünyadaki her şeyden daha çok istiyorum."

"Hadi gidelim öyleyse," dedi Jonathan. "Karadan uzaklaşalım ve başlayalım."

"Anlamıyorsun. Kanadım... Ben kanadımı hareket ettiremiyorum."

"Martı Maynard, burada ve şimdi, kendin olmakta, kendi gerçek kişiliğine sahip çıkmakta özgürsün ve hiçbir şey seni yolundan alıkoyamaz. Bu, Yüce Martı Yasası'dır."

"Sen şimdi benim uçabileceğimi mi söylemek istiyorsun?"

"Ben senin özgür olduğunu söylüyorum."

Martı Kirk Maynard, kanatlarını kolaylıkla ve çabucak olabildiğince açtı ve gecenin karanlığında gökyüzüne yükseldi. Onun beş yüz fit yukarıdan avaz avaz bağırması tüm sürüyü uykusundan etmişti. "Uçabiliyorum. Duyuyor musunuz, UÇABİLİYORUM!"

Şafakla birlikte, öğrenci grubunun etrafında, nerdeyse bine yakın kuş meraklı gözlerle durmuş, Maynard'a bakıyordu. Görülüp görülmemek umurlarında bile değildi, sadece Martı Jonathan'ı dinleyip anlamaya çalışıyorlardı.

Oldukça basit şeylerden söz ediyordu Jonathan; uçmak bir martının en doğal hakkı, özgürlük onun doğasında var ve bu özgürlüğü engelleyecek ne varsa; gelenekler, batıl inançlar ya da herhangi bir şekildeki sınırlamalar, tümü bir kenara bırakılmalıdır.

"Bu, sürünün yasası bile olsa bir kenara bırakılmalı mı?" diye bir ses yükseldi kalabalıktan.

"En doğru yasa bizi özgürlüğe götürecek olandır," dedi Jonathan. "Başka hiçbir şey değil."

"Bizim de senin gibi uçmamızı nasıl beklersin?" dedi bir başka ses. "Sen, bizlerden farklı, yetenekli ve mükemmel bir kuşsun."

"Fletcher'a, Lowell'a bak. Ya Charles-Rolland, Judy Lee? Onlar da mı farklı, yetenekli ve mükemmel? Senden, benden ne farkı var onların? Onların tek farkı, gerçekten kim olduklarını anlamaya ve bunu bilerek yaşamaya başlamaları."

Fletcher hariç, diğer öğrencileri kolay değişmiyordu. Hâlâ ne yaptıklarının farkında değillerdi.

Grup her geçen gün, sorularına yanıt aramak için,

yüceltmek ya da küçümsemek için gelenlerle, daha da büyüyordu.

Bir sabah, yüksek hız çalışmasından sonra Fletcher, Jonathan'a, "Sürüde, eğer Jonathan Yüce Martı'nın oğlu değilse, kesinlikle zamanının bin yıl ilerisinde olan bir martı, diye bazı sözler dolaşıyor," dedi.

Jonathan bir iç çekti. Yanlış anlaşılmanın sonucu, diye düşündü. Ya şeytan olmalısın ya da Tanrı. "Sen ne düşünüyorsun Fletch? Sence biz zamanımızın ilerisinde miyiz?"

Fletcher uzun bir süre sessiz kaldı. "Böyle uçuşlar, keşfetmek isteyen herhangi biri için her zaman vardır. Zamanın ilerisinde olmakla bir ilgisi yok bunun. Belki biz alışılmışın ilerisindeyiz. Uçma söz konusu olduğunda, çoğu martıdan ileri olduğumuz söylenebilir."

"Bu düşünce hiç de fena değil," dedi başı aşağıda süzülen Jonathan. "Zamanımızdan ileri olduğumuzu düşünmek kadar kötü değil."

Bu olaydan bir hafta sonra, Fletcher yeni öğrencilerden oluşan bir gruba süratli uçmanın ayrıntılarını anlatıyordu. Yedi bin fit yükseklikten yaptığı dalışından çıkmak üzereyken, ilk uçuşunu göstermek için annesine seslenen genç bir martıyla karşılaştı. Yavru martıya çarpmamak için saniyenin onda biri gibi bir süre içinde sola doğru döndü ve kayalıktaki sert taşlara saatte iki yüz mil hızla büyük bir gürültüyle çarptı.

Çarptığı kaya sanki başka bir dünyaya ait kocaman bir kapıydı. Çarpmanın etkisiyle irkildi, korktu ve her şey bir anda karardı. Ardından yabancı bir gökyüzünde sürüklendiğini hissetti. Her şeyi unuttu, sonra bir an hatırladı, sonra yine unuttu. Korkmuştu, üzgündü ve pişmandı, çok pişman.

O an, Martı Jonathan Livingston'la ilk karşılaştığı gün duyduğu sesi yeniden duydu.

"Sınırlarımızı sırayla ve büyük bir sabırla aşmaya çalışmalıyız Fletcher. Biraz ilerleme kaydetmeden kayalıkların içinden uçamayız."

"Jonathan!"

"Ya da Yüce Martı'nın Oğlu," dedi öğretmeni donuk bir ifadeyle.

"Burada ne arıyorsun? Kayalık!... Tanrım, ölmedim mi ben, hâlâ yaşıyor muyum?"

"Off, hadi Fletch, şu anda benimle konuşabiliyorsan ölmüş olamazsın, değil mi?" dedi. "Tüm bu olanlar sonucu bilinç düzeyinde ani bir değişiklik oldu Fletch. Şimdi tercih senin. Ya burada kalıp öncesine göre biraz daha yüksek olan bu bilinç düzeyini öğreneceksin ya da geri dönüp sürüyle çalışmaya devam edeceksin. Yaşlı martılar felaket haberine kendilerini hazırlamış bekliyorlardı fakat onları memnun etmenden dolayı şaşkınlar şimdi."

"Tabii ki sürüye geri dönmeyi istiyorum. Yeni bir grupla çalışmaya başlamıştım."

"Çok iyi Fletcher. Bedeninin, onun hakkında düşündüklerinden başka bir şey olmadığı konusunda konuştuklarımızı sakın unutma..."

Fletcher başını silkti, kanatlarını gerdi. Gözlerini, tüm sürünün toplandığı yerde, sarp kayalığın eteklerinde açtı. İlk adımı atar atmaz da kalabalık çığlık çığlığa bir yaygara kopardı.

"Yaşıyor! Hani ölmüştü, yaşıyor işte!"

"Yüce Martı'nın Oğlu kanatlarıyla dokunup ona can verdi!"

"Hayır! O, bunu inkâr ediyor! O, bir şeytan! Sürüyü birbirine düşürmek için gelen bir şeytan!"

Olanlardan ürken dört bin martının 'şeytan' feryatları, sürüde bir fırtına havası yaratmıştı. Gözleri parlamış, gagaları sertleşmişti; onları yok etmeye hazırdılar.

"Buradan uzaklaşsak iyi olur, ne dersin Fletch," dedi Jonathan.

"Buna kesinlikle bir itirazım olmaz."

Anında yarım mil öteye geçtiklerinde, kalabalığın sesi de boşlukta yok olmuştu.

"Bir kuşu özgür olduğuna ikna edebilmek niye dünyanın en zor işi? Üstelik çok kısa süren bir çalışmayla bunu kendilerinin de anlaması bu kadar mümkünken. Bu iş bunca güç olmak zorunda mı?" dedi Jonathan hayretle.

Bu değişim karşısında Fletcher şaşkına dönmüştü.

"Bunu nasıl yaptın? Buraya nasıl geldik?"

"O çıldırmış kalabalıktan kaçmak istememiş miydin?"

"Evet ama nasıl olur bu?"

"Tıpkı diğerlerinde olduğu gibi Fletcher; çalışarak."

Sabahla birlikte, sürü yaptığı çılgınlığı unutmuştu ama Fletcher unutmadı. "Hatırlar mısın Jon, uzun süre önce sevmenin, sürüye geri dönüp onlara yardım etmeye yeteceğini söylüyordun."

"Evet, kesinlikle."

"Seni öldürmeye kalkışan bir kuş sürüsünü hâlâ nasıl sevebildiğini hiç anlamıyorum."

"Off Fletch, tabii ki sevdiğim bu değil. Kin, nefret ve düşmanlığı sevmekten söz etmiyorum ben. Gerçek martıları, onların her birinin içindeki güzellikleri görmeye çalışmalı, bunu onların da görmesine yardımcı olmalısın. Sevgiden kastettiğim şey bu benim. Bu işin sırrını çözdün mü, gerçekten sevebilirsin."

"Martı Fletcher Lynd adında çok öfkeli bir martı tanıdım. Sürüden dışlanmıştı. Sarp kayalıklarda kendi cehennemini kurarken, sürüyle ölümüne bir mücadeleye girmeye de hazır bir martıydı. Ama bugün o burada kendi cennetini kuruyor ve tüm sürüye yol gösterebilecek bir durumda."

Fletcher öğretmenine döndü, gözlerinde o an bir korku belirdi. "Ben mi yol gösterebilecek bir durumdayım? Bana neyi anlatmak istiyorsun? Burada öğretmen olan sensin, gitmeye hakkın yok."

"Neden olmasın? Öğrenmeye istekli ve bir öğretmene buradakilerden daha çok ihtiyacı olan başka sürüler, Fletcher'lar olamaz mı?"

"Jon, ben sadece sıradan bir martıyım, ama sen ..."

"...Yüce Martı'nın tek oğlu demek istiyorsun sanırım," dedi Jonathan denize doğru bakıp iç çekerek. "Artık bana ihtiyacın kalmadı. Senin kendini bulmaya, her geçen gün daha bir gerçek, daha bir sınırsız olan Martı Fletcher'ı bulmak için çalışmaya ihtiyacın var. Senin gerçek öğretmenin bu. Onu anlamaya ve öğrenmeye çalış."

Kısa bir süre sonra Jonathan'ın bedeni giderek şeffaflaştı. "Hakkımda saçma sapan söylentiler çıkarmalarına ya da beni Tanrılaştırmalarına sakın izin verme, olur mu Fletch? Ben, belki de sadece uçmayı çok seven bir martıyım..."

"Jonathan!"

"Zavallı Fletch. Gözünle gördüklerine sakın inanma. Görünenlerin hepsi sınırlıdır. Anlayarak bakmaya, bildiklerinin ötesine geçmeye çalış. O zaman uçmanın anlamını da daha iyi öğreneceksin."

Martı Jonathan daha da şeffaflaştı ve boşlukta kayboldu.

Bir süre sonra Martı Fletcher yine gökyüzünde ve öğrenmeye hevesli bir grup yeni öğrencinin karşısındaydı.

"Başlarken," dedi, "bilmeniz gereken, bir martının sınırsız bir özgürlük düşüncesine ve Yüce Martı düşüne sahip olduğu, bir kanat ucunuzdan diğerine tüm bedeninizin onun hakkında düşündüklerinizden başka bir şey olmadığıdır."

Genç martılar ona biraz alayla baktılar. İlginç, diye düşüdüler, bu hiç de takla atma kuralına benzemiyor.

Fletcher bir iç geçirdi. "Hadi bakalım," dedi eleştiren gözlerle. "Düz uçuşla başlayalım." Ve tam da bunu söylerken Jonathan'ın, dostunun, gerçekte kendisinden daha da mükemmel olmadığını birdenbire anladı.

"Sınırlar yok Jonathan, öyle değil mi?" diye kendi kendine konuştu. "Öyleyse benim de gökyüzüne karışıp senin yanına geleceğim ve uçuş hakkında sana bir iki şey göstereceğim zaman pek de uzak değil."

Fletcher, haklı olarak öğrencilerine sert bir ifadeyle bakarken, birden kısa bir an onları gerçekten oldukları gibi gördü. İçi sevgiyle dolmuştu. Gülümseyerek, sınır yok Jonathan, diye düşündü. Öğrenme yarışı işte yeniden başlamıştı!